Ce livre appartient à :

.....Kiara...Benny

....

....

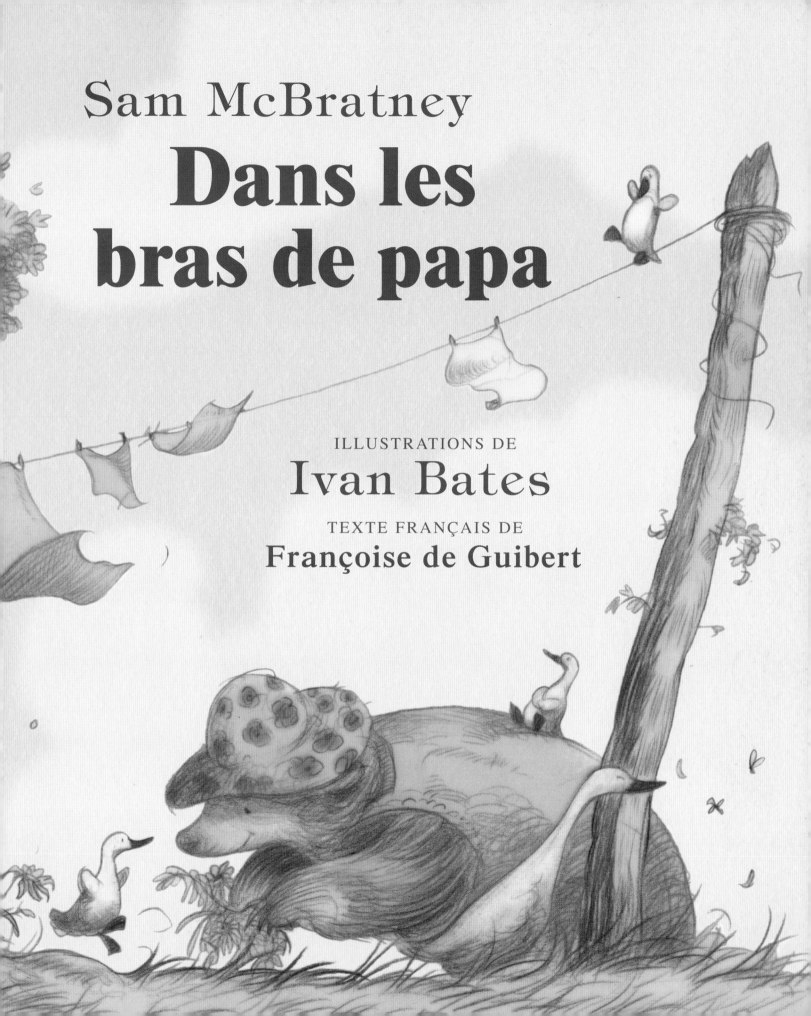

Sam McBratney
Dans les bras de papa

ILLUSTRATIONS DE
Ivan Bates

TEXTE FRANÇAIS DE
Françoise de Guibert

Bastien l'ourson

adore jouer à faire semblant.
Pour s'amuser, il décide de
marcher comme un canard.

Malheureusement, il trébuche, tombe au fond d'un trou et se cogne le genou. Impossible de sortir de là tout seul!

Son père arrive à la rescousse.

— Que faisais-tu, Bastien? demande-t-il.

— J'essayais de marcher comme un canard!

— Ce n'est pas facile, dit son papa, à moins
d'*être* un canard, bien entendu! Voyons donc
ce genou…

Il fait un gros câlin à son ourson et le rassure :

— Allons, allons. Ce bobo guérira bien vite.

Et il a raison. Quelques
minutes et quelques
sauts plus tard,

Bastien est de
nouveau prêt à jouer.

Il décide de creuser le plus grand
trou au monde!

Mais le vent soulève tout sur son passage
et projette du sable dans les yeux
de Bastien. Aïe! Ça pique!

Papa ours, qui n'est jamais loin, prend Bastien dans ses bras.

— Allons, allons. Cligne des yeux comme moi et bientôt tu n'auras plus mal.

Bastien cligne des yeux...
une fois, deux fois, trois
fois... et ses yeux ne
piquent plus du tout.

Puis des amis de
Bastien viennent
jouer sur sa balançoire
au milieu de la forêt.

Mais devine
ce qui arrive…

En essayant d'éviter la balançoire,
Bastien tombe à la renverse et
se cogne la tête très fort contre
une branche.

Papa ours a tout vu.

— Allons, allons, mon ourson.

Laisse-moi te frotter la tête

et tu verras, ça ira mieux.

Il a raison une fois de plus.

Bastien rejoint
ses copains
pour jouer
à la cachette.

À la fin de l'après-midi, quand tous
ses amis sont rentrés chez eux,
Bastien voit son papa arriver
en boitillant.

Bastien accourt vers lui.

— J'ai une épine dans le pied, explique papa ours.
Et ça fait très mal.

— Essayais-tu de marcher comme un canard?

— Non, non, pas du tout.

Maman ours arrive et aide papa ours à s'asseoir sur un banc.

— Ouille! fait papa ours quand maman ours retire l'épine de son pied. Décidément Bastien, nous n'avons pas de chance aujourd'hui!

C'est comme tomber dans un trou profond
ou recevoir du sable dans les yeux
ou se cogner la tête.

— Alors, *je sais* ce
qu'il faut faire!
s'écrie Bastien.

Il se jette dans les bras de
son papa pour lui faire un
énorme câlin et lui dit :

— Allons, allons, tout ira
bien maintenant.

Et il a raison!

*À Caroline, pour souligner une
excellente collaboration*
—SMcB

*À Rachel,
avec amour*
—IB

Catalogage avant publication de Bibliothèque
et Archives Canada

McBratney, Sam
Dans les bras de papa / Sam McBratney ; illustrations,
Ivan Bates ; texte français, Françoise de Guibert.

Traduction de: There, there.
ISBN 978-1-4431-2902-2

I. Bates, Ivan II. Guibert, Françoise de III. Titre.

PZ23.M244Dan 2014   j823'.914   C2013-901293-1

Publié initialement au Royaume-Uni par Templar Publishing, Deepdene Lodge,
Deepdene Avenue, Dorking, Surrey, RH5 4AT, R.-U.

Conception graphique : Amelia Edwards

Édition publiée par les Éditions Scholastic, 604, rue King Ouest,
Toronto (Ontario) M5V 1E1, avec la permission de Templar Publishing.

5 4 3 2 1   Imprimé en Chine   CP149   13 14 15 16 17